한 발짝을 옮기는 동안

한 발짝을 옮기는 동안

이문숙 시집

창비

차 례

제3부

제1부

악어 쇼

아무도 없는데 돌아보니
악어 한 마리 입을 벌리고 있어

빨간 타이츠를 입은 소녀가
가늘고 긴 손가락을 활짝 폈다가
주먹을 만들어
벌린 입속으로 집어넣어

솜방망이에 불을 붙여
불을 한입 달게 먹고는
또다시 울퉁불퉁한 이빨 사이로 넣어

무릎을 꿇고 천천히 윗몸을 들어올려
잘 휘어진 등 아래로
긴 머리카락을 몇번 흔들다가
머리를 악어의 커다란 주둥이 사이로

나도 그 속으로 펜을 쥔 주먹을 넣었다 뺀다

(주먹은 잘라지지 않고)
나도 매일 부글거리는 머리를 넣었다 뺀다
(머리는 동강나지 않고)

악어가 입을 다물어 이빨들이 맞물리지 않는 한
악어 쇼는 계속되리라

포만한 악어는 절대 사냥감을 찾지 않는다
벌어진 입을 억지로 닫아주기 전에는

사십오분의

무료한 것도 같아 졸린 듯도 해 눈을 감고 있으면 좋은
것도 같아 갑자기 할당된 이 시간을 뭐라 해야 하나 바니
따스*, 해골 속에 꽃을 꽂을 수도 있어 용과 통정하여 아이
를 낳을 수도 있어

사막의 별을 부르듯, 터번을 두른 자들이 느릿느릿 낙타
를 타고 가면서, 고독 끝에 저절로 새어나오는 노래처럼,
낙타 방울은 별들을 찔러대고, 어쩌면 돌이 되어 불멸을
다짐할 수도 있는 이 시간

고래가 아이를 유괴하여 물속에 데려갈 수도 있어 고장
난 공원의 수도꼭지가 물을 뿜어도 하루종일 신고도 없이
입을 다물 수도 있어 진흙탕에서 맨발로 뛰어다닐 수도 있
고 형광등을 깨고 도망칠 수도 있어

갑자기 일정이 바뀌어 일과가 일찍 끝나버린, 갑자기 셔
터가 툭 떨어지고 양귀비 씨가 터지고 어쩌면 아편을 할
수도 있고 비행기가 추락할 수도 있고 독 묻은 칼에 맞을

수도 있는 이 시간

  사십오분의 허방 속에서도 심장이 벌떡거리고 혀가 말
라붙는다는군 손은 서류를 찾고 모니터를 켠다는군 뒤집
어놓은 서랍 속 여우야 여우야 뭐 하냐 서랍 틈으로 번지
는 억지눈물 같은 황혼이라도 보고 있냐 반찬은 무슨 반찬

* '덧없음'을 뜻하는 바니따스(vanitas) 속에는 촛불, 깨진 술잔,
 죽은 새, 왕관, 보석과 악기, 시계 같은 것을 그린다.

애수교(愛水橋)

난간에 기대
물고기 먹이를 주던 아주머니는
시계 글자판을 더듬으며
영감 밥해주러 가야겠네
일어선다
물론 시계를 볼 줄 모른다
큰바늘과 작은바늘이 수직으로 서 있을 때의
지레짐작이다

비가 족족 내리는 토요일 오후
'재즈 빅 5'에 게스트로 나온 맹인 악사
음악을 연주하고 난 뒤
소개한 곡목은 「비」
그러면서 비 때문에
해를 볼 수 없어 우울하다고 한다
그의 손등에서 금속 시계가
번쩍인다

볼 수 없는 시계는
그것의 광휘만으로도 휘황해라
입술 위에서 악기는 울고
소용돌이치고

지레짐작의 시간은
여기 매립지 위 파놓은 호수에
비를 그어
애수교를 짝사랑하는
물고기들이
물 아래 어른거리는 그림자를
더듬어보게도
하네

책상 아래 벗어놓은 신을 바라봄

책상 아래 벗어놓은 신을 바라봄
골목에 불 켜진 마지막 집을 바라볼 때처럼

열넷에 어머니가 물속으로 사라진
그는 왜 '신(神)은 없다'라는 그림에
여자 구두
아니, 여자 신 한짝을 그려넣었을까

책상 아래 벗어놓은 신을 말없이 바라봄
어느 먼 곳에 신이 손톱으로 파놓았다는 호수
신이 아픈 이빨을 뽑아 던져 생겼다는 봉우리를 바라보듯

골목의 끝에는 '화수목'이라는 구잇집
뚝딱뚝딱 수리를 해놓고 개업 한 주일도 못되어서
문을 닫았네

씨멘트 반죽을 부어놓은 보수중인 길,
그 위에 마구 발자국을 찍어넣는

금치산자처럼

책상 아래 놓인 신을 말없이 바라봄
신의 분실을 책임지지 않는다는 어느 유명음식점
신을 정리하는 일만 맡은 종업원처럼

책상 아래 벗어놓은 신을 바라봄
먼 기류에 먼저 닿아 있는 펼쳐진 맹금류
날개의

덩그마니, 수돗가

한쪽으로 머리를 수그리고 왕버들은 서 있다
아니다 파랑 없는 물을 들여다보느라 몸을 비틀어 드리운
수양버들은 없다

머리를 쥐어짜도 물방울 하나 떨어지지 않는
바싹 마른 걸레가 노출공법 그대로
벽으로 튀어나온 가스 배관에 널려 있다
청풍도 명월도 없다
허니문이라고 쓰인 오리배도
물자전거도

저만치 달아나는 날들
날다람쥐들 날파리들 날벌레들
지나온 날들도 알 듯 말 듯 이렇게
쌓아두었을 것이다 천장에 붙은 채
죽어서도 형체를 무너뜨리지 못하는

가본 적이나 있을까

청호 호반
백운과 적송
백사와 창파 너머
얼어붙은 하늘

북으로 떼지어 가는 철새들의 행렬
대열에서 저 혼자 툭 끊기지 않으려고
머리를 맞붙이고 가는
생존전략

갈기갈기 흔들리던 외버들이 그를 옥죄어온다
비끄러맨다
덩그마니 청호를 담고 있는 컵

쥐고 있던 손아귀가 뻣세어진다
또각또각 적어놓은 갈등 없는 일과가 또
시작되려 한다

미확인물체

아무데도 소속되지 않고 화장실 청소만 맡은 여자가 바께스를 들고 복도를 지나간다

방취제는 산산조각났다 변기는 깨졌다 하수구는 막혔다 거울은 얼룩덜룩하다 바닥은 번들거린다 담뱃불로 지진 문은 검은 흉터로 뒤덮여 있다 세면기를 틀어막는 머리카락들 변기에 찍힌 노골적인 발자국들 무슨 인체의 신비 폭력 전시장 같은

쩔꺽쩔꺽 락스 냄새가 코를 마취시키는 대걸레로 바닥을 닦고 침묵을 퉤퉤 뱉으며 저 혼자 종일 일하는 여자 구불구불한 머리를 질끈,

시간이 허락할 때마다 변기에 걸터앉아 고무인형처럼 조는 여자
그 순간에도 붉은 고무장갑과 붉은 고무장화를 착용하고
그 순간에도 붉은 장갑과 붉은 장화는 그녀를 놓지 않는다

아무데도 소속되지 않은 저 여자 더러운 타일과 변기와
대화하고 타협하는 마찰도 대립도 야근도 연속 회의도 고
도의 난시도 없는

용변을 보고 나서 물 내리는 것을 깜박 잊었네 우주라는
변기 속에 무중력으로 떠 있는 미확인물체 그 여자

구멍을 만들지 않아도

'어(敔)'라는 악기가 있어요
호랑이가 웅크린 모습이에요
등은 톱니처럼 울퉁불퉁하구요
아주 먼 곳에서 불길 같은 것이 오고 있어요
호랑이는 발을 번쩍 들지도
그렇다고 날뛰지도 않고
앞발을 잡아당겨 그게 마지막일지도 모를 그 순간
가만히 뛰는 심장에 대고 있어요
눈에는 불 같은 건 들어 있지 않지요
다른 것의 살을 찢던 이빨도 이제는 번쩍거리지 않아요
그게 마지막이에요
누가 머리통을 탁 치고 등줄기를 긁어내리면
그냥 그게 끝이지요
아주 길고 오래 질질 끌던 음악도 끝이 나지요
몸은 동그랗게 말고
헛바닥에는 최초의 말을 올려놓고
그리고 눈을 닫지요
그렇게 모든 것이 다 멈춰도 귀는 열어두지요

그게 어디였을까요
처음으로 내지르던 비명이나
처음으로 찢어내던 살의 파들거림 따위
아무도 틀어막지 못한 그런 거
그런 게 들리지요
그럼 그게 마지막이에요
음악은 끝이 나지요
제 몸에 구멍을 만들지
않아도

수염 뽑기보다

첫 무지개가 뜨고 첫 꾀꼬리가 운 지 사나흘이 흘렀다
음력 삼월 십일일에 이규보는 끼니가 없어 가죽옷을 전당
포에 팔았다는데 그 음력 삼월 십일일이 여기 들렀다 간다

식용유가 떨어져 사러 갔는데 가게 문이 닫혀 있다 돌아
오는데 어디선가 계란 지지는 고소한 냄새가 온다

겨울 추위보다 당장 먹고사는 일이 급한 하늘 아래 가죽
옷을 맡기러 가는 이규보의 하인이 보인다고 생각했는데
주머니 속에선 몇푼 안되는 생각들이 짤랑거리며 빵을 사
자 꾀꼬리를 사자 조르고 나는 멋도 모르고 내 무거워진
옷을 끌고 백운(白雲)의 전당포에 들러온다

때로는 아내가 정성껏 지은 가죽옷도 팔아치워야 할 때
가 있다 그래야 꾀꼬리 우는 소리가 온다 절박해서야 노란
꽃 위에서 노란 새가 운다 꽃술을 파고드는 긴 부리조차
샛노란

나는 눈물이 턱에 흐르는 그 삼월 십일일에 수염 뽑기보다 더 쉬운 돈을 지불하고 고추기름과 꽈리고추, 전병을 사들인다 붉고 새파란 봄날 위로 마구 전병 부스러기를 흘려놓고서야 사월이 슴슴하지 않고 매웁다고 생각한다 그때 제 종아리를 치며 흘러가는 백운이

이상한 호수

가루

절벽 위 검은 바위틈
이따금 돌가루가 소리없이 흘러내려요
내딛는 짐승의 완강한 발도 없는데

갑자기 일을 하다 멈추고 돌아보면
깜짝 놀라 절벽을 바라보면

거기 절벽 너머 한 여자가 있어요
발치에 고무다라이 하나를 놓고
붉은 해의 다라이를 놓고
아무 말도 안하고
아무,

뒤엎어진
간의 콩팥의 쓸개의 허파의 붉은 핏물도 다 빠진

절벽 너머 여자는 울지도 못하고
입을 틀어막고 희끗희끗한 창자를 줄줄이

다시 담으려

이 시간의 단속반원
절벽 아래 집 절벽 아래 학교 절벽 아래 절벽 아래
줄줄이 흰 창자가

돌아보면
저 혼자 질겁해 추락하는
돌이 가루가 되는 이 아뜩한 시간

스르르 미끄러진
돌가루들이 그 아래 곱게 쌓여 있는 이
시간

치통의 맛을 모르는

치타의 검은 눈물선
사냥감을 쫓을 때 태양빛을 반사해 시력을 보호한다는

무희의 검은 마스카라
조명의 밝은 빛으로부터
자신의 동작에 집중하게 하는

그런 것도 갖추지 못한
내 눈은 점점 어두워진다 밤낮없이
언젠가는
읽다를 갉다로 보고 아리송했고

그렇다! 이제 책을 읽고가 아니고
갉다가 더 맞고
이 저작(詛嚼)의 천천함이여
오해여

하마터면 공경하자를 공격하자로 읽고

아니, 같고
흥분도 한다

이를테면 '새의 둥지에는 지붕이 없다'를
'새의 둥지에는 치통이 없다'로 읽고
아니, 같고

치통의 맛을 모르는 새들은
인간과 달리
한점 점으로 사라질 수 있게
겨드랑이에 날개를 둔다고 해석한다

가끔 눈이 잘못 저작해놓은 글귀들
치통처럼 온다
천천히 찬란하게

그곳의 안개

행려병자들이 모여 있는 서울시립병원 입구에 붙어 있
던 옛 표지판 이름은 갱생원이다 그곳이었을 것이다 그가
행방불명되었을 때 그곳의 안개는 포효, 안개는 희디흰 화
염, 원생들이 안개의 사슬을 끌고 산책을 한다 발목에는
안개의 쇠고랑

그곳으로 은닉되었을 것이다 만신창이 몸을 끌고 안개는
고문으로 얼룩진 그를 숨겨주었을 것이다 그곳의 안개는
말소, 자발적으로 생을 버린 자들이 안개의 사슬을 끌고

뜨거운 화염 속 발버둥도 없이 이 세상 가장 느리고 확
실한 걸음으로 안개의 화상을 입고 안개의 소독을 받으며
안개, 희디흰 치유, 복사뼈에 구멍이 뚫리도록 안개, 희디
흰 행려

누렇게 띵띵 부은 복수 가득 찬 해가 안개를 싹 쓸어갈
때까지 직립을 거부하고 밤낮 누워 지내던 가느다란 다리
를 저어

절그렁 언제 걷힐지 알 수 없는
불안한 안개의 샤워 안개의 연주

넉 잠 다섯 잠

광란의 연주도 끝났네
악사가 잠시 떠난 자리
뉘여 있는 가얏고
서 있는 기타

가얏고는 오동으로 돌아가
넓은 잎 빗물 받는 소리
지나가는 내가 흠뻑 젖었네

기타줄은 쇠로 돌아가
무쇠나무에 물이 올라 오색꽃이 피었네

명주로 자은 줄은 다시 누에의
넉 잠 다섯 잠을 자두네

악사가 떠난 자리
귀를 째던 향피리는
비단 주머니 위에 놓였네

해금아 낑낑거려라
향피리야 기타야 챙챙거려라

애초부터 없는 무엇이 되고자
깜깜한 어제가 되고자

라일락 로(路) 1번지

식용도 못되는 꽃사과가
닥지닥지 열매를 맺는다
'마있는 분식점'에서 '꼬치 모아'로 '별난 토스트'로
끊임없이 뒤바뀌는 점포들

늘어진 쇠그물 셔터 아래
화문석을 깔고 노인들이 진종일 누웠다 앉았다 한다
꽃사과와 화문석이라는 이름의 낡은 미사여구여
쇠그물이 가두는 세상의 모든 '철퍼덕과 벌러덩'이여

국적불명의 '본 그랑드'가 동네 빵집을 또 먹어치운다
집기를 치워버린 그곳을 들여다보던 내가 움찔한다

그러나 내 안에도 적의의 이빨을 드러내고
컹컹 짖으면서
동시에 꼬리를 치는 삽살개의
근성이 들어 있다

본 그랑드가 매일매일 선사하는 빵냄새에
저절로 고여오는 달콤한 침을 거부할 수 없으니

빵쪼가리를 시식하며 무심코 바라보는
그 집 바깥 간판에 내걸린
전광판의
빵과 커피 광고 사이
실시간으로 방영되는 뉴스 역시

노인들은 넋을 두고 그것을 해우(解憂) 삼아
진종일 빛바랜 화문석 위를 떠나지 못한다

닥지닥지 매달린 꽃사과 너머
소도시가 선사하는
자잘한 빵쪼가리 부서진 뉴스들을

공중에 걸린
이 유혹적인 시식코너들을

진종일

흐릿한 눈망울로

백설공주도 자라선 사자가 된다

우리의 손때 묻은 열쇠를 모아
네거리 장군의 동상을 다시 세울 수 있을까

먼 나라에선 국민이 기증한 칠만오천 개 열쇠를 녹여 만
든 동상이 운반된다
그의 고향으로
비키니를 입은 미녀 사진에 안겨

저 많은 촛불은 어디서 났지 물론 양초공장이야
촛불이 배설하는 무수한 촛똥들
나는 광장을 건너 「죽기 전에 꼭 하고 싶은 것들」을 보
러 간다
그 목록 중의 하나인
눈물이 퍼붓도록 실컷 웃기!

영화 주인공이 배를 자루처럼 펼쳐놓고 마시는
사향고양이 똥에서 채취한
세상에서 가장 비싸다는 ─ 물론 마셔보지 못했다

철자개혁 운동가들은 드디어 Laugh를 Laf로 적자고 주
장한다
   항문이 딱딱한 열매를 탁 내뱉는 기분으로

   마을버스를 기다리는 아침에는 늘 하역중인 정육 트럭
을 만난다
   냉동고기에서도 피가 흐를까
   그 역한 냄새에 발밑을 보면 어김없이 핏물이 고여 있다
   사내들은 아무렇지도 않게 어깨에 걸치고 지나간다
   이를테면 모두 '세계로마트'로

   그런 날에는 이상하게 희귀한 흰 사자가 태어난다
   이름은 백설공주, 백설공주도 자라선 맹수가 된다
   날카로운 송곳니로 찢어놓는

   우리는 해부상자에 분류하기 시작한다
   이것은 척수, 생식기, 뇌, 대퇴부, 꼬리
   안 먹으면 그만이지

칼을 차고 있는 저 동상을 녹여
우리는 열쇠를 만들어 가지기 시작한다
암담한 미래들이 광장에 떨어진 촛똥을 모아
부지런히 심지를 박는다

우리는 모두 양초공장이지 공순이 공돌이지

권태로운 손가락

당신
구름이 세상에 처음 나왔을 때 얼마나 좋았나요
꿈 같아서
구름을 껴안고 혼자 슬며시 웃기도 했나요

구름을 한아름 싸가지고
갈 때는

구름은 걸을 때마다 덜렁거리고
자꾸 무거워져요
변두리, 거래가 뜸한 우편물취급소
졸고 있던 직원은
이 구름을 받아서
전자저울에 올려보고

당신
조심스레 묻겠죠
도착하는 데 얼마나 걸리나요

반송되면 어쩌죠
누가 슬쩍 뜯어보기라도 한다면
중간에 사라져
꼭 받아야 할 사람이 오해를 하면 어쩌지요

작년 이맘때 나는
빛의 무산 가족
빛의 무산자로
한아름 구름을 싸들고 가서
소포를 부치곤 했는데,

창구의 뚱뚱한 여자는
무뚝뚝하게
전자저울에 한 덩이 한 덩이
권태로운 손가락으로
구름을 계량하고
거침없이 커다란 자루에 던질 때

구름은 어디에 당도해서
어떤 환멸을 만나서
허공에 흩어졌나요
왜 오늘은 이렇게 구름 한점 없나요

제2부

이상한 호수

눅눅하고
물은 동으로도 서로도 흐르고

누군가는 아이를 유괴하려 벤치에서
지나는 아이들을 살피고
또 누군가는 주스에 색소를 타고
거위는 사람들을 쫓아다니며 위협해요
사카린에 찌든 옥수수
달짝지근하고
상인들은 폭리를 취하고

그런데 저 남자
아코디언을 켜는 저 남자
걷어올린 바지
정강이에 북슬거리는 검은 털
검은 썬글라스에 눈을 숨기고
악사라고 할 것도 없는 저 악사
물주름을 접었다 폈다

그런데 언제부턴지
아무도 부추겨주지 않는 그 음악에

이상하게
물은 동으로도 서로도 갈 바 없고
아이들은 부모의 손아귀를 떠나 달아나고
주스는 더 빨갛고 파랗고 노랗고
혓바닥을 물들이고

들썩거리는 동작에
물어뜯긴 물고기가 어디론가 떠내려가요
막무가내 거위들이 꽥꽥거려요

유괴범은 아이의 손을 다정히 잡고
전화에 매달리고
애인이랄 것도 없는 저 애인
더 뜨겁게 끌어안고 뒤엉기고

인면(人面)을 한 물고기

어디선가 찰방찰방 물소리 들린 것 같다
어디선가 찰칵 불이 켜지며
물방울이 튀어오른 것도 같다

어항 속 집에는 변기에 걸터앉아 책을 읽는 사내애에게
빨리 나오라고 소리치는 엄마인 여자가 있다 손을 씻고는
물방울을 뚝뚝 흘리며 다니는 사내애가 있고

수건에 제발 닦아라
그러면 백번에 한번 정도 닦고서
그대로 아무데나 던져두는
천만번도 더 외친 그 소리를 오늘도 반복하는 엄마인 여
자가 있다

어항 속 집에는 언제나 바깥으로 나도는 사춘기 사내애
가 있고
균열이 갈 듯 꽉 조이는 유리벽 속에서도
언제나 지치지도 않고 똑같은 말을 되풀이하는

인면(人面)을 한 물고기들이 살고 있다

아무도 그곳을 지정해주지 않았는데도 그곳에 모여
뽀르륵 물방울을 뽑으며
끝없이 소글거리는
어쩌면 빤히 속이 들여다보이는
이 집을 무어라 불러야 되는지 갸우뚱대며
인면을 한 물고기들이 헤엄을 쳐간다

앞니 부러진 만다라

베일 속에 눈알만 반짝거리는
검은 옷을 입은 여자들 걸어온다
발등을 덮는 치렁치렁한 슬픔이 흙바닥을 쓸고 간다

비닐에 싼 아이들이 겨우내 눈 속에 묻혀 있다
멀리 가로수에 물이 오르면
여자들은 석회질의 물을 길어다 차를 끓인다

아이들 주검이 썩은 물은
이빨을 누렇게 변색시키고 앞니 두 개를 부러뜨린다

사원에서는 모래를 한 알 한 알 채색한다
그것을 유리대롱에 담아 후, 입으로 불어서 그림을 그린다
처음에는 알 듯 말 듯한 것들이
이 세상에 없는 커다란 꽃덩이 같기도 하고
태양 같기도 한 것들로 태어난다

그렇게 한 알 한 알 그려 완성한 것을

어느날은 흔적도 없이 쓸어버린다

토굴을 파고 꼼지락거리며 사는 그들의 나이는 종잡을
수 없다
뒤섞여 있는 소녀의 할아버지의
할머니의 소년의 여러 얼굴 속
동강난 이빨을 감추지 않고 다 내보이며
흠칠, 웃는다

동물도 식물도 아닌

밤 호수는 이상한 구멍 같은 걸 열었다 감쪽같이 아물린다
곤충을 유인하여 포획하고는 모르는 척 만개한
식충식물의

물가에 서 있던 버드나무도 동물도 식물도 아닌
이상한 흡반을 내밀어
지나가는 산책자를 꼬드겨 얽어매서는
그 구멍 속에 봉합해버리고 태연하다

새우깡에 쥐꼬리를 잘라넣는
단팥빵에 지렁이를 섞어넣는 소심한 범죄자 같은
소소한 물결이 인다

익사자를 삼키기 전
성급히 구멍을 오므린 호수의 표면은
미처 삼키지 못한 그의 다리를
저 괴이한 자세의 버드나무로 세워두는지도

그사이 불법체류중인 수마뜨라 공작이 날개를 편다
화려한 깃털에 무수히 박혀 있는 통점
그 통점을 눌러보니

예기치 못한 늪지에 연밥 억류되었고
촐싹거리며 홍방울새 날아간다
퇴색한 버드나무 은빛 혓바닥 부비며 떨어진다

밤의 물속에는 어떤 피할 수 없는
눈동자가 있어 마주칠까 멀리멀리 달아난다
구멍은 살랑살랑 물결이 인다

타버린 절에 새순이 돋을 때

죽은 화분을 털어내고 만냥금을 심는다
베란다의 그 나무는 적당한 개화시간을 모르고
겨울이 다 돼서야 열매를 맺는다

빈 화분에 흙을 채우면서
남자는 꽃이 만개하면 선풍기를 강풍으로 틀어주라고
한다
그래야 수정이 되어 열매를 맺는다고

한겨울에 붉은 열매를 본다는 거

세상을 떠난 사체 화장을 한 교황의
유독 붉은 입술과
산불이 집어삼킨 불붙는 낙산의 기둥을
그 빛깔을 얻는다는 거

며칠째 꽃 아래 선풍기를
틀어놓는다

야생의 불을 키우고
인간의 모든 것을 태워버리는 바람을 안으로 들여서야
나무는 가까스로 열매를 맺는다

숨이 멈춘 교황의 배꼽 위에 가지런한 손
(기도하고 맹서한다)
(저항하는 상대를 굴복시킨다)
(위무하고 위협한다)

이제는 존재하지 않는 폐허의 절 한 채를
고스란히 받아들인다는 거

아무것도 모르는 가지는
서로를 탁탁 치고
꽃들은 와들거린다

그들의 떡이 되고

풀밭이어라
진땀내 전 분홍 이불 박차고 나간

밥을 거부한 얼굴은 시꺼멓게 찌들어가고
침버캐가 들끓는 입술은
사람의 말이 아닌 걸 끊임없이 달싹대고
머리는 떡이 되고 밥이 되고

새빨간 거짓이어라
자주 발끈거리고 노여움을 타는
노인회 노인들 햇볕 속에 저세상
사진을 찍어라

부들에 앞다리를 더듬어
매달린 무잠자리 휘청거리며
흐르는 물빛을 퍼담고
인공의 물결을 따라 이리저리 떠도는
팔뚝만한 잉어들

누워 있는 몸은 바숴져
그들의 떡이 되고 밥이 되고
땅바닥에 쿵쿵대는 가슴을 대면
버들은 흐트러진 머리로 왜
물속에 몸뚱이를 박고
있는지

그곳으로부터

지축기지라는 한심한 곳이 있다
피뢰침과 부서진 안테나가 유일한 장식이다
가도 가도 고압전류를 잇는 전선과
그것을 지탱하는 쇳덩이의 나열뿐이다
오래되거나 고장난 전동차의 휴식처치곤
요란한 망치 소리와 용접 불꽃이 전부다
시원한 음료수와 버터구이맛 오징어도 없다
바나나보트도 유람선도 없다
자전하던 지구가 비틀거리는 순간
그 기운을 감지한
예민한 짐승들이 다른 곳으로 이동하기 시작해도
지축기지는 오래된 휴양지처럼
빈 광주리에 햇빛 담고 나르기 같은 무익한 놀이나
즐기고 있다
그곳은 여권도 출입국도 검역소도 없는 한심한 여행지
탈장처럼 한 개의 레일이 흘러나오는
모래로 만든 승객과 모래로 전파되는 안내방송
열차 바퀴에 뛰어드는 자살자 때문에

평생 섬망증에 시달리는 기관사들 다같이 환호하며
비치볼을 튕기는 곳
그러다 지치면 모래찜질을 하며
지축이 삐꺽거리는 소리를 듣는 곳
갈수록 그곳으로 휴가를 가려는 사람이 늘어난다는
전갈이다
아름다운 음악을 들려주면
부드러운 육질의 살코기를 만들 수 있다고 맹종하는
미련한 양돈업자 같은
그곳으로부터

노릇노릇 갈비는

새해 첫날 이동에 간다 노릇노릇 갈비는 잘 구워진다 나는 처음부터 호수를 그린다 젖은 햇살이 깔깔하게 수면을 덮어오는

뛰어난 백정이 되려면 단숨에 숨이 꺼지도록 해야 한대 정수리에 정확히 도끼가 박혀야

해마다 얼어붙은 호수를 떠메고 청둥오리 북쪽으로 날아간다 그 자리는 깨끗한 폐허다 훌쩍 시간이 데리고 간 망각의 장님 물고기들

나는 지난해를 애도한다 수면을 녹이며 흐르는 물이 있기를 둥둥둥 청둥오리가 떠 있기를 물고기의 눈이 여전히 환하기를 새해 첫날이 무겁지도 느리지도 않게 지나가기를 바란다

나는 악착같이 살점을 뜯는다 수면 위로는 흰 옷을 입고 사람이 날아가지 백정의 백자는 그래서 흰 백을 쓴대 첩첩

흰 눈 속에 숨어 있을 호수 처음부터 나는 그린다 청둥오
리의 발목을 간지럽히는 새해 첫날의

한 잔에 ○○원임

과일 도매상가
손수레에 씌어 있는
놀라운 각성을 가져오는 ○○원임
강력한 효과를 발휘하여
풍천에서 올라온 장어를
진천에서 밭떼기한 노란 참외를
검은 소가죽 혁대나 노란 잠수함으로
보게도 함
밤새도록 달려온 고속도로의 검은 밤을
창창대로를 달려가는
점박이무늬 선연한 치타로 돌변하게도 함
일단 열대야를 끓여 붓고
다리 아래 모여앉은 노인의 벙거지를
압사시킬 만큼 이글이글 달콤한
인공 당의정 때로 사카린 알갱이도 쓸모있음
기묘하게 쌓아올린 수박의 퍼즐을 해체하고
과일 박스를 번쩍 들어올리게도 함
자의적으로 ○○에 숫자를 써놓고

주문해도 좋음

가끔은 잠깐 실신하였다가 깨어날 만큼

마취 성분을 섞어도 무난함

누구나 종사할 수 있는 탄력적인 ○○원임

심심해 죽겠

저 조립식 가건물 꼭대기
환풍기는 돌고 싶어서 도는 것일까
골프장 그물을 버티고 있는 검은 철탑
누워보고 싶지 않을까

단단하게 얼어 있던
호수의 얼음이 풀린다
심심해 죽겠어요 심심해

철컥철컥
기차 바퀴는 굴러간다
홍익회 옷을 입은 여자가 통로를 지나다
잠들어 있는 승객들의 얼굴을 들여다보면서
조그맣게
땅콩 있습니다 맥주 있습니다
나른한 목소리
멈추지 못하듯

심심해 죽겠어요
심심해
손이 빨갛게 얼어붙도록 얼음을
망치로 깨던 아이들의 목소리가
얼음이 녹을 때마다
들려온다

코도 눈도 입도 사람을 닮은
인면어가
꺼지는 얼음 밖으로 느릿느릿 지느러미를
저어나온다

심심해 죽겠어요
죽겠

소화 헬기가 떴다

실종신고 당시 티브이는 켜진 채였다 그 즈음 환자복을
입은 채 철봉에 매달리는 사람들은 대부분 종양을 가진 이
들이었다

산불이 번졌다 사람들은 그들이 피워문 마지막 담배 때
문이라고도 하고 고의적인 방화라고도 했다 소화 헬기가
떴다

베이비 스튜디오에서는 아기들이 맨몸뚱어리에 기저귀
를 차고 버둥거렸다 왕자로, 밀림의 수렵꾼으로, 무장군인
으로 옷을 입히고 벗기는 동안 새빨개진 얼굴로 울어댔다
부모들은 누구나 철부지였다

그러는 동안 임제선원은 마당에 쫄쫄거리던 샘을 폐쇄
하고 토담을 쌓았다 확정적으로 세계와 선을 그은 셈이다
누구라도 붙잡고 담판을 벌이고 싶은 잿빛 새가 찍찍찌익
울었다

그가 발견되었다 이북에서 혼자 내려와 자수성가한 그
는 서해와 민물이 만나는 강에서 시원(始原)으로 돌아갔다
세계는 그 집 앞에 걸린 흰 플래카드를 차고 버둥거렸다

며칠 뒤 그곳으로 가 환경감시단 몰래 그를 뿌렸다 손바
닥에 남은 유골을 살짝 맛보았다 지금은 서해 짠물이 입수
되는 시간

찌익찌익 그가 켜놓은 브라운관 넘실거리는 물결 속 누
구는 석유통을 엎고 누군가는 담뱃불을 던졌다

짜디짰다

이상한 호수
다리

강과 바다가 부딪쳐요
물속에 잠긴
바위는 웅크리고 가만있지만

어느 순간 깎여서
어떤 것은 용머리로 솟고 어떤 것은 독사로 맺히지요

그 위에 걸쳐진 하루의 다리를 건너가요
흔들릴 때마다 쇠들이 철렁거려요
철판 사이 물은 키를 돋워
바위를 때리고

쇠기러기 같은 돌거북 같은
이 모니터의 암흑
이 모니터의 검은 폐광

강은 더이상 조용히 흐르지 못하고
바다와 부딪치고 부서지고

되풀이되는 파도 아래
오늘도 지하철을 타고 와 죽어라 일을 하고

어디선가 낡고 오래된 다리가 철렁철렁거려요
저 아찔한 다리를 건너
가야 할까요
이 가닥가닥 몸에 꽂혀 있는 전선을 끌고

독자적으로 뿔뿔이 흩어진
이 바위들을

전광판 날짜가 바뀌면

떠들썩했던 천년의 태양이 떠오르고
만 개의 폭죽이 터지고
불의 강 위로
흰 까마귀들이 날아간다네

그러나 내게는 또 한 개의 호수가 사라질 뿐이지
호수에는 폐석이 뒹굴고
살던 물고기도 물을 따라가지
나는 사라진 호수 위에 다시 물을 채우기 위해
버둥거리리

우거진 늪에는 흰 까마귀 알들
호수 바닥으로 오래전 집들이 무너지고
길이 가라앉고
까맣게 슨 알과
헛맴을 도는 것들이 빠져나간
껍데기들

찌꺽거리는 물풀에 기대 잠시 숨을 돌리네
그러고는 겨우 한 동이 물을 쏟네

저울의 무의식

사내애들이 가짜 검을 챙강챙강 부딪는다
펴놓은 돗자리는 가벼워
배낭으로 눌러두고 일용직 여자들이 풀을 뽑는다
무엇이든 눌러 균형을 잡으려는
저울의 본능이다
잔디를 몰살하는 풀들을 뽑아버리는 것
저울의 폭력이다

사내애들은 가짜 검을 맞대고 힘을 겨룬다
결국 상대방을 누른 애는 검을 들어 환호한다
사내애 입속에서 치아교정기가 반짝인다
여자들이 펴논 은박의 돗자리는 펄럭거리며
쏟아지는 햇빛을 튕긴다
소속된 집단으로부터 튀어나가보려는 것
저울의 무의식이다

눈을 쓰윽 문지르자
사내애들도 풀 뽑던 여자들도 사라지고 없다

풀밭 위에 자루들만 놓여 있다
다시 영으로 돌아간 저울 가득한 진열장
뽑아낸 풀냄새만 지독하게 남아 맴도는 것
수평의 감각만을 생각해온
저울의 강박이다

영원 한 대접

사후세계
그곳에는 세 가지를 갖고 갈 수 있다
보석, 가구, 가장 좋아하는 물건

그러고 나서 심장의 무게를 달아본다고 한다
그렇게 영원의 나라에 들어갈 자를 고른다고 한다
심장의 크기는 꼭 자기 주먹만하다는데

마트에서 활꽃게를 고르다 생각한다
대부분 사람들은 좋고 묵직한 놈으로 주세요 그런다

죽으면 다섯 개의 구멍으로 피가
쏟아진다는데
그러다 어느 순간 굳어버린다는데

영원에 들기 위해선
다시 새 육체를 얻는 것이 아니니
심장도 가벼운 것보다 무게가 더 나가는 게 좋으리라

톱밥 속에서 버르적거리다 그만 미동도 하지 않는 꽃게
  죽은 놈이라도 사람들은 한결같이 무거운 걸 주세요 그
런다

꽃게 껍데기는 갈색이다가도
뜨거운 물에 들어 서서히 붉어지는 것을
심장의 핏빛으로 변하는 것을

작은 냄비 속
그 속에서 보석, 가구, 좋아하는 물건
서로 덜그럭대며 부글부글 끓어오른다

숟가락으로 거품을 걷어내자
여기 맛있게 준비된 영원 한 대접이 있다
혀가 익도록
까무러치도록 먹어치워야 할

썬글라스를 낀 앵무

앵무를 보러 간다
지하철 유리장에 사는
인생의 굴레와 곤궁과 실패, 걱정과 근심
이 미천한 아전의 길*을 모르는 앵무를 보러

죽은 나뭇가지에 감아올린 발가락
물 한 종지와 좁쌀 한 그릇 지하철이 우르릉 지나가면
눈꺼풀을 간신히 밀어올리고
쯧쯧 첫첫 혀를 차는
노란 깃털에 푸른 기운

파란 썬글라스를 끼고 한상 가득 차려진 진수성찬을 보면
상한 듯 푸릇푸릇 싹 입맛이 가신다는데
찰랑한 물 한 종지는 늘 그대로이고
낟알 좁쌀알은 부서지고

쯧쯧 첫첫 상인은 그 앞으로 무작정 상인의 길을 가고
피랍자는 피랍의 길을 가고

앵무는 앵무의 길을 가서
온 세상이 푸른 기운에 뒤덮인다

앵무는 죽은 나뭇가지에 발을 걸치고
멀리서 밀려오는 막연한 진동음을 듣는다
그때는 거친 회오리도 같이 솟구쳐서
쯧쯧 첫첫 지하철 바퀴에 몸을 던지고도 싶은

앵무는 노란 앵무
세상은 진기한 음식으로 그득하고
냉철한 지하철은 여전히 인간을 실어나르고
이 영원한 피랍의 길
먹이를 갈구하지 않는 앵무는 비쩍 야위어서

* 이규보 「꿈에서 본 슬픔」에서.

황혼

갓 스물 적이었을 거야
기차를 타고 미팅을 간 건
우르르 갈 때는 조잘거리며
잘도 떠들었지

매파가 가버리고 막상 짝을 지어
띄엄띄엄 평상에 앉았을 때는
고개도 제대로 못 들었지

바구니에 담긴 딸기를 먹는 체도 못했지
검은 포도알을 집어보지도

어색한 침묵을 깨고
상대방이 자기도 모르게 포도씨를 뱉었을 때
암사마귀가 수컷을 먹어치우고 있었지
몸통부터 천천히 머리까지

바구니에 놓인 딸기는 물크러지고

포도는 새들새들해지도록
우리는 어색하게 앉아 있다 그만 기차를 타고
나는 하행선으로
상대방은 상행선으로
뿔뿔이 흩어지고 말았지

그때 기차 화통소리를 받아먹고
자란 딸기는 주먹만하고
포도알은 동공처럼 검고

사마귀 체액이 눈에 들어가면
맹목이 된다는 그 황혼
플라스틱 바구니에 담긴 딸기의 붉은 색신(色身)
그때부터 녹색을 알아보지 못하는 색맹

제3부

눈이 펄펄

운전기사들의 졸음운전에 대한 은어는
'눈이 펄펄 내립니다'입니다
고속도로에서 관광버스 기사들이
무전기로 주고받는 대화를 듣고 알았죠

갑자기 꽉 막히는 거리
아, 한여름인데도 눈이 펄펄 오네요
새해 복 많이 받으세요
나도 주저앉는 눈꺼풀을 들어올리기 위해
관광버스 기사처럼 이런 잡담을 나누고 싶군요
이럴 때 마침
제1회 아름다운 젖소 선발대회 광고문을
봅니다

아름다운 젖소란 어떤 소일까
먹은 것을 다 끌어올려 뽀얗고 농도 짙은 젖을
쭉쭉 뻗치는 소일까
까맣고 흰 반점이 간혹 가다 뒤섞이는

그래서 희고 까만 것이 헛갈리는 소일까

아름다운 젖소가 빵빵거리며 지나갑니다
빨간 신호등인데도 앞에 소가 가니 흐름을 따라갑니다
이따금 흰 스프레이가 뿌려진 도로를
젖소들이 서로 뒤엉키며 지체합니다
서로의 아름다운 젖을 구경하느라 조바심도
화증도 사라진 거리입니다

아, 눈이 펄펄 내리네요
새해에는 복 많이 받으세요

약을 먹는 아침

강수사라는 일식집이
일품요리로 내놓은
금가루가 뿌려진 회

금가루에 집중하는 젓가락이랄까
금가루가 붙어 있는 허연 이빨이랄까

제시간에 일어나
안 먹던 밥을 꼬박꼬박 챙겨먹고
권력자에 발탁된 천출처럼
미간을 찡그린
독을 머금은 입술

약을 먹는 아침은
태양이 내쏘는 마지막 금가루
그것에 매달리는 지구의 심정이랄까

조금씩 바래가는

그 어딘가
금가루를 칠한 사원
금가루를 칠한 테라스
금관, 금가락지,
금비녀

붉은 스타킹

이빨이 작고 삐뚤빼뚤 난 것으로 보아
섭생이 그리 좋지는 못했으리
뱃속이 늘 비었으니 잠은 당연히 곤고했을 테고

그래서 파종을 하기만 하면 손이 가지 않는
양파 농사나 지었으리
양파의 수확량을 기록하는
문자 따위에는 관심도 없어

밤마다 양파 알이 부쩍부쩍 크는 소리에
그는 늦잠을 자고
남들이 다 어디론가 일을 떠나서야 일어나
양파를 캐었으리

캐낸 양파는 언제나
망에 담기지

천성이 게을러서 그렇다고 말할 수 없는

그의 이빨은 부드러운 양파에 박히는 걸 좋아한다네
맵고 달큰한 향기는
그의 곤고한 잠을 씻어준다네

베란다의 양파는 언제나 붉은
스타킹을 신고 있다네

잔디는 희끗희끗 살고

물속에 관상수처럼 심어놓은
바위는 물길에 훼방을 놓아
부들은 아양 떨듯 살랑거리고
물속이 싫어진 오리들 짝짓기를 하네
그렇게 태어난 새끼들은
거위를 아비 어미로 알고 꽉꽉거리네

유원지의 취객들
새끼오리가 졸졸 쫓아다니는 거위를 보고
커다란 오리라고 떠들어도

알이라면 사족을 못 쓰는 족제비 까치가 무서워
오리는 전통정원 인공섬에
알을 부화시킨다네

그러나 어쩌지
새끼오리들은 연못을 빠져나오지 못해
우물쭈물

족제비가 채가고 까치가 공격하고
속수무책

물길은 허구렁을 열어
멈췄던 전통정원 연자방아를 돌리고
연잎은 뺨을 한차례 때리려다
그만 허랑해져 툭 떨어지는 손
그 높이에서 아슬하네

물길을 가로막는 바위에 우뚝 서
허황된 오리들은 종일 시끄럽게 울고
간신히 살아남은 새끼오리는 거위에게
모성애를 느낀다네
족제비에게 부성을 배운다네

잔디를 죽이는 극성스러운 토끼풀들
죽을똥 살똥 토끼풀은 죽도록 살고
잔디는 희끗희끗 살아 죽는다네

초승달이 반달로 변해가는 동안

호수의 공중을 선회하던 경비행기들
별들이 깜박거릴 때
달을 지날 때 깜박깜박 잠기듯
지나가는 그 연습용 비행기들의
느리고 조심스런 선회를
초승달은 동에서 서로 건너오며 보았겠지요
부딪치지 않으려고 옆구리를 오그리고
그렇게만 빙빙 도는 세월이지요
나는 호수를 돌고 달은 허공을 빙글거리고
비행기들은 깜박거리지요
푸른 물과 달빛은 발길에 차이지요
부서지지요
호수는 물결 하나 없지요
처음에는 천천히 이어지던 비행도
조금씩 속도가 붙으면서 달 한 귀퉁이를 들이박지요
달아나지요 뺑소니치지요
그 경비행기 허공을 휘젓지요
달도 별도 한통속으로 스며들고 파고들고

애송이들이 그렇듯
달과 별과 호수를 뒤섞어버리지요
한자리를 맴돈다는 것도 잊어버리고
그렇게만 흘러가지요
노인들이 다리를 짓고 세월교(橋)라 새겨넣는
그 세월이지요

유진상가 그리고 고가도로

홍제역 계단에서는
이따금 배호의 「안개 낀 장충단공원」을 부르는 남자
박카스 빈 곽에 몇개의 동전
이 남자는 청양이 고향이고
아버지 없이 자랐으며,

계단 옹색한 구석에서
무슨 노래냐고 그래도
기타의 쇠줄은 철렁거리지

'참 먹을 만두 하지' 만둣집 여자는
배호의 안개가 있어
종일 불솥 앞에서 만두를 찌지

당신 목소리가 쉬었네요
물 한컵 받아주지

사막은 왜 모래알을 가졌지

사슴은 왜 뿔이 있지
안경은 왜 풍경을 가졌지

다 그럴 만두 하지
이 고가도로 아래 하염없는 지체는
그가 풀어놓은 안개 때문

혀뿌리가 짜릿하기도 하지
배꼽 아래가 울렁거리기도 하지

그의 노래는 구걸이 아닌 구제
다시 쎄팅된 포크와 나이프처럼
그의 노래는

옛집을 지나간다

방범창에는 여전히 방충망 대신
푸른 모기장이 쳐져 있다

창에는 한밤의 강간을 피해
차라리 돌로 누워버린 처녀가 산의 능선이 되어 새겨진다
아찔한 낭떠러지를 꼭 붙들고 물이 흘러내린다
떨어지지 않으려고
돌 위에 솟은 소나무 뿌리들

푸른 모기장에 미세한 먼지들이 매달린다
갑자기 금이 가는 유리창으로
처녀의 산이 붉게 물든다

녹슨 철문을 열고 아버지 손을 잡은 계집아이가 나온다
푸실거리며 떨어지는 저녁의 다 된 빛을 들추며
속이 뵈지 않는 캄캄함 밖으로
그 안에는 오래된 가재도구들이 삐꺽거리거나
먼지를 딛고 서 있을 것이다

바랜 모기장 속에서 얼굴이 지워진 여자가 손을 흔들어
배웅한다
들고 서려는 푸른 모기장을 꾹 눌러주며
못대가리들이 구부러진 몸으로
박혀 있을 것이다

옆집 벽을 되울리던 한밤의 서러운 울음소리가
모기장에는 달려 있다
낭떠러지를 딛고
돌산의 능선이 헛된 봉우리를 깎고
세우는 동안

모기장에는 날벌레들의 몸
푸석거리며 삭아가다
흔적도 없이 사라지는 것이다

그사이

내 안을 빠져나온 아이의 울음소리가
오랜만에 그 앞을 지나가는 나를 따라온다

구슬이 굴러

방문 위 사진에는 탄생과 죽음이 같이 걸려 있다
그 앞에 김옥천 씨는 오도마니 앉아 있다
헐렁한 자리옷 차림으로
그렇게 문을 열고 사는 집이라면
장롱 아래에는 잃어버린 구슬이 먼지와 뒤엉켜 있겠다
그 집 자주 사라지는 바늘은
마루 아래 누군가 빌려가는 것이다
그러면 바늘이 숭숭 구멍을 낸 아주 얄팍하고
투명한 살이 김옥천 씨의 몸을 두르고 있겠다
김옥천 씨는 그렇게 앉아
건너편 동생 승천씨의 집을 건너다본다
저희끼리 뒤엉켜 마구 자라오르는 풀섶으로
승천씨의 집에서 건너온 햇빛이
한가득 붐빈다 그러면 숨어 있던 구슬도 굴러나와
영롱한 빛을 뿜겠다
깜빡하는 사이 옥천씨도
또르르 굴러나가겠다
빈 마루만 남겠다

청계천 새물맞이

이곳에는 새물맞이가 한창이야

십년 만에 만난 친구를 바로 보지 못한다
자취하던 철로변 집
너의 기관사 아버지처럼
우리는 주름진 살 속을 칙칙폭폭 지나간다 깊지도 얕지
도 않은 슬픔이

너는 혼자 살므로 자식을 생산하지 않았으므로
아직도 너의 눈가에는 무언가 아쉽고 모자란 듯한 물내
가 번진다

헌책방을 순례하며 우리는 책먼지를 뒤집어쓰고 그때는
눈에 독이 들었었는데
그 옛날 물들은 흘러 어디로 갔냐 가다가 멈춰 썩어버리
기라도 했냐

물들은 이리저리 휘어 저를 씻는다는데

수십년 동안 우리는 그 아래 물이 흐르는지도 모르고 무
얼 위해
　　줄달음쳤냐 내뺐냐
　　시궁창 물이 흐르는 시커먼
　　흙이나 쌓아뒀냐

　　눈물이 네 눈에서 부서지는 걸 보고
　　비스듬히 또 보고
　　복개된 그 위를 오르락내리락

　　물속에 붉은 기운을 떠먹고
　　잉태해버린 맹물의 여자처럼
　　물속이나 들여다보고
　　물이나 헤집어보고

그냥, 흰색 가지

흰색 가지, 자주색 가지,
세 개의 가지

밑에 열린 가지는 자주색, 검은색 윤곽,
그 위에 매달린 가지는 그냥 자주,
그런데 흰나비 아래 열린 더 작은 가지는
흰색,
흰색의 가지, 꼭지도 검은색 아닌 흰색,
마치 붉은 가지가 매달렸다 사라진 자리,
아니면 가지가 놓쳐버린 농염의 빛깔이
백열등처럼 허옇게,
회분을 뒤집어쓴 듯,

그 아래 주름이 붉은 메뚜기 바스락대며
기어간다
붉은 엉겅퀴 납작하게 붙어 있다
잎사귀 두엇 뒤집혀 까슬거린다 따갑다
솜털의 가시,

가시의 솜털 붉은
나비는 고꾸라지고 흰나비는 솟는다

저 희디흰 가지, 저 농염의 뜨거운 하늘도 놓친
백열의 가지를 또옥 따다 물고 있으면
심장 안의 붉은 즙 되려 빨려들어가
그 흰 가지를 붉게 물들여 줄기를 잡고 늘어질 것도
휘청거리게 할 것도 같다

검은색 개미가 종종종 짐을 싣고 간다
붉은 벌도 붕붕거린다
자주색 가지,
그냥, 흰색 가지

뉴타운
한양주택단지

식은 재를 헤집어 금니를 찾는
화장장 불쟁이의 쇠꼬챙이처럼

그곳에는 간혹 연기가 피어오른다
지나간 시간들이 검고 탁하게 굳어간다

버려진 정원
버려진 지붕
똑같은 모양의 집채들이 도열해 있다

첫아이를 낳았고
누군가는 긴박한 싸이렌의 울음에 실려갔으리라

얼굴에 핀 독을 덮으려는 여자의 화장이
곧 파괴될 것 알면서 새로 페인트칠한
그곳의 지붕을 닮았다

여자는 휘적휘적

타다 만 신발과 숯이 되어가는 가재도구 앞에서 운다

짐승 하나
떠돌이개 한 마리 얼씬하지 않는

이곳에도 누군가 살았던 적이 있는지
새빨갛거나 파란 지붕의 원색(原色)이 무엇을 덮었었는지

빈 방 빈 마루 빈 창문 빈 부엌
살아온 시간만큼 집에 깃든 영혼
옆으로 흐르는 샛강으로 흘러들었다

컷컷컷컷컷노컷

지하철 입구에서 강제로 한아름 안겨주는
공짜 신문

옆에 앉은 신사가 화르륵 넘길 때마다 지면이
노인의 뺨에 들러붙는다
그렇게 읽어버린 신문은 한 부씩 능란하게
선반 위에 던져올려진다

노인들은 흔히 백내장을 앓기도 하지만
시들어버린 사타구니 가지런히 모은 손등
겨우 부풀어오른 새파란 힘줄에서
개구리 한 마리 폴짝 뛰어오른다

그는 노약자석에서 단독자로 꾸벅꾸벅 존다
그러다 내릴 정거장에 닿아서야 허둥지둥한다
버스처럼 운전기사에게 내린다고 고함을 칠 수도 없는

컷컷컷컷컷컷

캑캑거리는 이상한 바람을 일으키며 전동차는 문을 개
폐한다
공짜 신문 노컷을 펼칠 때마다

무논
무(無)의 논에서 무(無)의 논객
개구리가 꽉꽉거린다

헐럭헐럭 벗겨지는

자기 발보다 커다란 신을 끌고 간다
비닐 속 빵을 줄줄 흘리며

태운 냄비가 쪼글쪼글해진다
진공청소기는 계속 윙윙댄다
켜기는 했으나 끌 줄 모르고
그러다 새어나오는 연기로
이웃이 신고해서

대대로 여자에게만 전파된다
여자들이 전부인 나라

(핏덩이를 업고 남편 직장 숙직실에 가 늦게까지 벌어진
화투판을 엎었다는 또 그 얘기)

과거 한순간의 기억은 돌올하다 거기서부터 출발한
뇌 속에는 가늘가늘한
연기 같은 핏줄이 자욱하다

104

집이 갑자기 어딘지 모르고
현재가 망실된
여자는
단추가 다 풀린 젖가슴을 내밀고 공원을 떠돈다

노예도 아름다웠던 나라
여자들이 말채찍을 쥐고
전쟁을 지휘했던
그 나라의 여자는 신발 끈 매는 걸 잊어버리고
자빠질 듯 과거를 향해 걷는다

여자가 수문장인 나라
여자가 갑옷인 나라
여자가 창(槍)인 나라

숨

누에가 뽕잎 갉는 소리는
권태롭게 내리는 비 같다

중환자실 침상에 누워
조용히 잠만 자는 징그러운 누에들
그 누에 중의 하나인 그가 아주 먼 데까지 다녀와서
처음 손바닥에 적은 말은

퉁퉁 부은 손가락을 더듬으며 반지 어디 갔냐고
냉장고 냉동실에 숨겨둔 돈 사백만원이다
핏물이 흐르는 고깃덩이를 쌌을
신문지로
위장해놓은

그리고 입을 벌리고 다시 잠에 든다
기계를 끼고 있느라
앞니는 삭아 부스러지고
사방에 피멍이 가시지 않은 팔을 축 늘어뜨린 채

커다란 이파리를 서걱서걱 먹어
버러지의 입에서 여생이 풀려나오기까지

평생토록 끼고 있던
손가락에 난 반지 자국을
들여다보는데
어디선가 질금질금 또 이파리
갉는 소리가 난다

이 한정없는
끝을 알 수 없는
규칙적인 잡음으로
위장한

한 발짝을 옮기는 동안

움직일 때마다 지팡이 땅을 그러쥔다
그 옛날 논골이었다는 이곳
논으로 흘러들지 못한 물소리 저만치 하수구로 흘러간다

그 남자 한 발짝을 들어올리는 동안

여기엔 그 옛날 작은 다랑이논들
물소리에 귀를 열어뒀으리라
왼손이 뒤틀리고 주먹 쥔 듯 오그라진 손을 치켜들고
그 남자

이제 다랑이논들은 노인정에 모인 그들의
이마에나 굵은 굴곡으로 남았다

겨우 그 남자 몸을 일으켜 한 발짝을 옮기는 동안
지팡이는 땅으로 뿌리를 뻗고 새순 한 가지
쳐올릴 수도 있었으리라

갑자기 정자 기둥에 붙은 괘종시계가 울린다
무거운 시계추가 왔다갔다한다

치주염을 앓는 누런 이빨의 구름들
가는귀먹은 노인들의 귓속으로
보공(補空)하듯 쑤셔넣는다

제4부

홍수 기념비

사철나무가 꽃을 피웠는지 모르는 사람이
영안실에 간다

작은 병원이다
가는 길에는 홍수 기념비가 세워져 있다

기념비라니! 그토록 예측하지 못한
삶이 여기까지 범람했다는 말인가

유독 사철나무 잎사귀가 반짝거린다
차가 논둑길로 굴렀는데도 그의 얼굴은 아주 평온했다
한다

미망인이 된 여자의 품으로 갓난아기가 파고든다
만수향이 공중으로 길고 외로운 길을 낸다

사철나무는 파고드는 칼바람 속으로 열매를 숨긴다
냉동실의 시신은 급속도로 얼어가고 있으리라

꽃을 보지 못한 사람이 어떻게
영안실로 간다 문상객이 되어 곡한다
슬픔도 잠시잠깐
조미료 냄새 지독한 육개장을 먹는다

신발 속으로 스멀스멀 기어드는 바퀴벌레를
소스라치지도 않고 본다
갓난아기가 쭉쭉 빨아넘기는 미망인의 턱없이 부푼
가슴 그 살덩어리를
본다 외면하지 못하고
다 본다

딱딱한 사월

어제는 마른벼락이 떨어지고
흙비가 내렸지만

우물 빛이 핏빛이고
참새와 닭이 흘레붙던 그 어느날

나무들은 그걸 거둬 저토록
어쩌면 저도 모를 시퍼런 잎을 꺼내 보이네

난데없는 돌풍이 지나가고
한바탕 우박이 쏟아지는 동안

사람들은 닳지 않는 돌배〔船〕를 만들고
해지지 않는 돌옷을 입고

어쩌면 이런 혼란 속에
참새와 닭은 너무 놀라 저도 모를
사랑을 나눴을지도

버둥거리며 삶의 지처(地處)를 세웠을지도

그러고 보니 이 거리
이상한 염증이 돌고
허공이 우그러지도록 쭉 수액을 들이켠
창백한 페트병 같은 나무들이
서 있네

세상은 따끔거리고
참새는 더 요란하게 허공으로 머리를
들이미네

사통팔달 네거리
돌로 만든 가로수에는 돌벚이 피었네
돌사람이 돌칼을 차고
돌순찰차를 타고 돌경찰이
딱지를

소라

오글오글 실핏줄이 뺨에 모여 있는 여자다
차편이 불편하다고 자꾸 버스 노선을 더듬는다
오늘은 소라미용실로 머리를 하러 가야 한다고
세 여자가 다 한결같이 오글오글 지져붙인 머리다

소라는 하늘이라는 일본말,
그 말을 듣자마자 홍대를 나온 나의 옛 미술 선생님
하늘색, 살색은 잘못된
색이름이라고 고집을 피운다
그러나 지금도 아이들은 하늘을 푸르뎅뎅 시퍼렇게 칠
한다
한결같이 뻔한 머리를 하고서도 머리는 거기가 제일 잘
한다고 우긴다
버스 표지판이 이고 있는 하늘은 영영 돌이킬 수 없는
회색,

이 소라들
딱딱한 껍질 속에 들러붙어 어떤 게는 적을 피하고

남의 살까지 파먹는 것들과 함께 공생하는

그들은 첫 살림을 시작한 동네에서 오글오글 머리를 지
져붙이고
유난히 짙은 염색을 한다
그러면서 소라빛은 여전히 하늘빛이라고 우긴다
하늘이 회색이 되어도
뻔한 머리를 하러 가면서도

수장(首長)은 슬프다

괜시 그 말이 떠오르지 않아
멸시라는 말을 썼다

오물처리실 앞 청소부 여자들
수간호사는 쌀쌀맞아서 자기네들과는
눈 한번 맞추지 않는다고 수군댄다

주삿바늘을 꽂아야 하는데
핏줄은 살 속에 묻혀 뵈지 않는다
팔 다리 허벅지 발등
사정없이 쑤셔댄다
구부린 가운 속으로 떠오르는
그러나 그녀도 뽀얀 앙가슴을 가졌다
수장(首長)은 슬프다

멸시라는 말이 입안에서 감도는 동안
바늘이 핏줄을 뚫었다
그러자 화석이 된 폐 속으로

인공의 바람이 쏴 밀려들어간다

호흡기내과 병동 건너편
열병합발전소는 영 아프지도 않다
갑자기 존재증명의
누런 가래가 부글부글 끓어오르기 시작한다

그 많은 구두들은

어디로 갔을까
부서지는 바닷물에 쓸려갔을까
쏟아지는 흙탕물에 떠내려갔을까
진열장에 놓여 있던 가닥가닥 끈으로
발을 감싸는
양 창자를 꼬아 만든

삶이 막막할 때마다
숫양이 머리를 파묻고 울거나 애무도 받았을

(공원에서 여자의 배를 베고 남자가 누워 있다)
(여자의 보드라운 배를 베고 남자가)
(오목한 배 위에 머리를 대고)
(구불거리는 창자에)

그 발에 딱 맞는 구두들은 어디로 갔을까
동그란 뒤꿈치 뾰족한 발가락 감싸던
그 화려하고 보석 장식이 많은

구두들은 다 어디로 가버렸을까

카메라가 붙잡은 물 위를 둥둥 떠내려가는
구두 한짝

예쁘고도 사나운
벗어 철썩 사내의 뺨을 갈기던
구두들은
그 폭약의 여름은 다 어디로 갔을까

꽃사자삽

땅 밑으로 흘러다니다보니
여기가 어디쯤이었더라 되묻는다
자다가도 어김없이 눈떠지는 이쯤은
구파발과 연신내 사이
목공소 제재소 늘어선
박석고개 그쯤
철물점 삽날에 꽂기린 제 그림자
비추어보는 그 아래쯤
그래, 그 깨끗한 자루에
또렷이 박혀 있던 꽃사자라는 이름
꽃사자삽, 이리로 오고 있다면
꽃사자삽, 흰 양을 찢듯
여기 물기 하나 없이 뭉쳐진 척박한 흙 부수며
돌멩이 고르며
이 땅 밑으로 흘러가는 사람들
다시 심어준다면
까맣게 졸고 오다 번쩍 눈뜨면
전철 안 가득한 낯선 그림자

저쪽 전철 휙 하고 지나가는 잠깐
어둠에 익숙해져 퇴화된 눈 속으로
차곡차곡 쌓이는
꽃사자삽, 돌멩이 들어내는 소리
악착으로 유리창 긁어대는 소리
몇날 몇천 삽
꽃사자삽, 흰 양을 찢듯
꽃사자삽, 이 층층의 돌마루길
쩌르렁 울리도록
울부짖어 이빨을 번쩍거려

자하문 밖은

온통 자두밭이었네
폭포소리뿐이었네
그녀가 기억하는
그때는

고향집에서 방학이 끝나고
흰 깃 검정 치마로 올라오면
남대문 전차 정거장을 어정거리는
홍분(紅粉)을 바른 논다니가 부러웠다고
쥔집 애를 들쳐업고
앵두나무 아래로 살구나무 아래로 나돌아다니는
식모애가 다 부러웠다고

그 시절이 온통 변해 이렇게 됐다는
지금도 논다니 바람 지나가면 붉은 꽃 천지라고

「운수 좋은 날」에나 나오는
논다니라는 말이

아는 사람 입에서 나오는 걸 들으니
자하문 밖 아니라도 이 세상
폭포 쏟아지는 소리 들리네

그래, 문이라는 건 그게 거적 같은 거에 불과해도
안과 밖의 구분이 있어 나오거나 들어오거나 해야 하지
들어왔다가 나간다는 거
폐쇄되었던 숨이 팍 터지며
복작거리는 중심에서 주변으로 나가 헤매다니는 거

폭풍의 눈이나 지진의 진원지
그 가운데가 아니라
그 가운데가 뒤흔들어놓은

계곡의 돌멩이 굴러내리다
바위를 때리고 절벽이 주저앉고
나무가 쩍쩍 갈라지고 쓰러지는 일
그래도 그 아래선 벌레가 눈뜨고
죽은 가지에서 마지막 숨을 몰아 새순이 나기도 하는 일

A week of 미성(美星)아파트

옥상에는 물탱크가 있고 거대한 환풍기가 돌아간다
중앙공급실로 유공 테크론 유조차가 오고
바퀴는 알을 까고 연막탄은 터진다
방음벽을 뚫고 아이들은 쿵쿵거린다
낡은 곤돌라는 하늘에 멈춰 비상계단을 거쳐온 사내들의
투신자살이 있다 목격한 여자의 노이로제가 있고
미인회화와 운전교습소의 단체교습 안내문 공고가 나붙
는다
대표자회의가 그것들을 심의한다
집집이 돌아가며 나누는 티타임이 있고
백화점 쎄일에 맞춘 카풀이 있다
오후에는 문화쎈터 버스가 이곳을 지나간다
텅 빈 대낮을 끌고 학교를 파한 아이들이 오고
쇼핑백을 든 여자들이 오고
가장들은 한밤이나 한밤이 지나서 온다
경비들은 언제나 퇴직한 노인들이고
보안점검을 피해 올라오는 어둠이 있다
그곳에는 똑같은 현관을 통해 떠오르는 태양이

복도로 끈질기게 이어진 통로를 또각거리며 지나간다
수요일에는 생선시장이 온다
광활한 바다를 거쳐온 물고기 푸른 등
젓갈을 쿡쿡 쑤시며 바다를 찍어올린다
수요일보다 먼저 책 대여 봉고가 오고
칸칸의 책장 속에는 생각의 커튼 부푼다
마음의 끼니를 먼저 생각하는 부녀회는
이 조그마한 봉고를 사랑한다
자판기 앞에는 야쿠르트 아줌마가 늘 썬캡을 쓰고 있고
금요일에는 과일장수 부부가 온다
간간이 유명메이커 할인 구두가 오고
족발 판촉사원이 오고 청정해역의 건어물이 오고
뜨거운 초정리 두부가 온다
충돌도 없이 질서있게 이 별로
오고 또 온다

동물원

바위가 스펀지 같애,
호랑인 어디 갔어

방금 전 나뭇가지로 염소를 유인하던 여자애가 묻는다
간신히 철책 위에 올라서서

물론 없다,
들판의 날번개와
벼락이 한번은 스쳐갔을 가죽
나는 바위에 보호색처럼 붙어
퀴퀴한 냄새를 따라
흘러가는
너희들을 본다
그들의 빛나는 공휴일을

녹물이 흐르는 쇠기둥은
북적거리는 구경꾼들을 가둔다
내가 삼킨 단 한번의 포효

자, 봐라
내 등가죽에 새겨진
부전나비의
무늬

이 지독하게 빛나는 왕국에서
한철을 나는 이렇게 소일하다
잠에 든다

아직도 못 찾았어,
그만 지쳐버린 아이가 다그친다
쭈그러진
풍선을 들고

폐왕의 환상

오늘 왕을 만나러 가요
나는 먼저 그의 근황을 묻죠
얼마 전 노루 발자국을 따라갔다가
해갈이한 뿔을 주웠다구요
나에게 보여주려고 고개를 수그리고
주머니를 뒤질 때
언제나 쓰고 다니는 관(冠)
구슬 주렴이 부딪치는 소리가 들렸어요
빛바랜 구슬에
이상하게 맑은
흰 냇물 소리가 고여 있어요
사실은 그는 옥좌에서 내려온
폐왕이에요
그는 누더기옷을 걸치고도 면류관은 버리지 않아요
어딜 가나 그걸 쓰고 다녀요
그는 다 쓴 알약 케이스
파지들
꾸깃한 알루미늄 호일

편도 비행기 티켓
이를테면 현실의 폐왕들
이런 것들로 이루어진 왕이에요
흔히 폐해진 왕이 그렇듯
그는 지독한 슬픔으로 몸을 망가뜨리지도
광기의 날들을 보내지도 않아요
그는 가파른 절벽을 내려가
느릅 새순을 따오기도 하고
한없는 낮잠에 빠지기도 해요
그러면 나는 살금살금 발꿈치를 들고
걸어나오죠
집으로 가는 길 노숙자
폐왕도 만나구요
좌판에 나앉은 스테인리스 그릇 폐왕도 보지요
코맹맹이 소릴 내는
환관들 그 걸음으로
그들 곁을 지나가지요

피가 마른다

너를 때려눕히겠다
일에 매달린다

절벽에 매달린 집
번개 맞으러 다니는 사람

줄을 뜯다가 줄을 끊어버리고
까마득 그 소리마저
사라졌을 때

어느날 몸속에 담아두었던 피가
시퍼런 급류가 되어
돌아가다가

자신이 만든 천 개의 가방을 불태우는
자영업자

피가 말라야 피가 말라야

다른 피를 그리워하기라도 하지

다른 피를 수혈이라도 하려고
시퍼런 삽날을 번쩍이며
싸움이라도 벌이지

이상한 호수
배우

시벨 케킬리
터키계 독일 여자배우
「미치고 싶을 때」를 찍어 단숨에 베를린영화제에서 작
품상을 받아
신데렐라가 된 배우
그 이름의 뜻은 '자유낙하하는 비'라는데

그래서 일곱시 이슬람식 통금시간을 어기고
피어씽을 하고 돼지고기를 먹었다는 여자

그녀 어깨에는 진한 먹물로 한자 류(流)를 새겼다는데
고집불통에
낙하를 두려워하지 않는

그 여자도 성격적 결함에 빠져
저 혼자 날뛰었던 것일까

이 적당의 당분(糖分)과

적당의 당원(黨員) 사이에서
적당히 말하고 적당히 통하는
이 아름다운 동료들

어떤 결함의 문신을 할까 피어씽을 할까
자유낙하하는 비가 되어
어디로 흐를까

현관에 앉아 있는 스핑크스

오늘도 505호로 가려면
저 불퉁한 옥수수 이빨 사이 관문을 통과해야 한다
매일 반복되는 저 '어디 갔다 오슈'
줄줄 새는 말 사이로

직장에유 철밥통이라고 질시의 대상인
직장인지 십이지장인지 췌장인지
속으로 철밥통을 소여물처럼 우물우물 씹는
나를 붙잡고 늘어지며 그는 매일 똑같은 수수께끼를 낸다

창고 지붕을 뚫고 들어간 나무, 그 아래 물통을 놓고
떨어지는 빗물을 받는
저 책창고 영감의 시시콜콜한 기억력과는 좀체 다른

아니다 저 '어디 갔다 오슈'는
지혜로운 자만이 풀 수 있는 수수께끼
내 안의 뼈아픈 정곡을 찌르는 저 스핑크스 영감이 내주
는 문제

'그만둬야지'가 '그만둘 수 없어'를 줄줄이 끌고 나오는
혹은 그 사이를 왔다갔다하는
나는 어디 갔다 오는가

그 몇개 남지도 않은 이빨 박힌
오물오물한 입에 물리면 결코 놔주지 않는다는데
입안에 종일토록 고인 군내를 다 풀어내고 만다는데
적적함을 견디다 못한
저 이빨 빠아지는 한기(寒氣) 새로

대장도 소장도 아닌 직장은
얄팍한 인권보호 차원으로
피의자가 손에 찬 수갑을 살짝 가린 보자기같이
내 머리에 뒤집어씌워져 있다
맹목으로도 발은 직장으로 간다

어쨌든 창고 지붕을 뚫고 들어간 나무

저 '어디 갔다 오슈'를 무사히 통과하여야만
하루가 끝장이 난다
이 평화롭고 불편하고 오종종한 하루

그러나 나는 어느 순간부터 집착하기 시작한다
괄약근이 죄어지지 않아 변을 지리는데도
늘어나기만 한다는 식탐만큼
호기심도 점점 많아지는 저 1004호

나는 어디로 갔다 어디로 오는가
어디로 왔다 어디로 가는가

주르륵 흘러내리는

.

집 앞에는 올해도 붉은 나무가 붉게 물든다
문짝도 떼어지고 빈 철통이 주르륵,
얕은 담장에는 씨멘트 부스러기가 붙은
벗겨진 벽지가 말려 있다
그는 아주 멀리 계시다
혼자서 눈 속에 깊은 발자국을 만드신다 한다
그는 냉정하고 엄정하고
앞에서는 누구보다 먼저
하얗게 질린 백지가 펼쳐졌다
그렇게 철저했던 그가
이 세상에 나와서는 안된다고 한다
문패는 사라지고 없다
그래서 해마다 대신 나무가 물든다
붉은 나무가 붉게 물들어 낮과 밤이 지나간다
문패가 떼어진 그 자국
희미하게 남아
주르륵 흘러내리던 흰 페인트가
굳어 고정되고 있다

태풍은 북상중

물류창고 지붕 위 타이어를 보네
육중하게 방수막을 누르고 있네
창고 속으로 박스에 담긴 여러 켤레의
신발들이 딸려들어가네

태풍은 북상중이라는데
길이 유실되고 방파제가 붕괴되고
수백년 마을이 폐허가 되는
막대한 위력의 태풍이 오고 있다는데

이곳에는 타이어 아래
방수막 자락을 간신히 들었다 놓는
얕은 바람이 일 뿐
진열대에는 새로운 신발이 놓이네

상륙중인 태풍과 한바탕 격전을 치를
타이어의 검은 몸체가
물류창고 지붕을 꽉 누르고 있네

장원서(掌苑署)

축대에 자리만 남아 있다
한겨울인데도 이름 모를 과일들이 그려져 있다
바닥까지 늘어진 그것을 매달고 있느라
축대는 쩍쩍 금이 갔다

이슬이 마르기 전
갖가지 과일을 따서 담은
광주리를 들고
시종과 하녀들이 축대 속으로 종종거리며
걸어들어간다

이따금 그곳에 버려진 텔레비전이
금방이라도 부서질 것 같은 축대를 되비춘다

그곳에서는
중소도시의 군수들도 분장을 하고
무화과와 나비축제와 별밤을 판다

돈이 없는 장대선수는 후원자를 찾기 위해
벌거벗은 몸으로
장대뛰기를 하다 축대 너머로 사라지기도 한다
펄쩍,

가파른 축대를 뛰어내리고 나서 주목받는
어린 배우들도 있었다
잎사귀가 바스락거릴 때마다
아주 조그맣게 비명들이 부스러지며
떨어진다

아찔한 후원의 뜨락을
썩지도 못하는 과일들을

오늘은 사라진
축대 속에 장원서
휘늘어진 과일과 채소를
따느라 손톱이 꺾이고

손바닥이 너덜거린다

그 앞에 냉동 사과들은
트럭 속에 한가득

이문숙이 시를 쓰는 시간

황현산

이문숙이 시에 쓰는 말은 잔잔하고 나직하다. 그의 시에는, 강렬한 유혹도 기괴한 선동도 없다. 잔인한 결심도 환상적인 탈선도 없다. 시비를 걸거나 공격하지 않는다. 그는 말을 모나게 비틀지 않으며, 그 의미를 신비롭게 굴절시키지 않는다. 이문숙의 시에 어떤 '기교'가 있다면, 하고 싶은 말을 잠시 또는 영원히 묻어버리는 정도가 그 전부라고 할 수도 있을 것이다. 그러나 단번의 양보도 없이, 어떤 영합이나 타협도 없이, 우쭐거림도 없이, 어쩌면 그래야겠다는 생각조차 없이, 우리 시대의 불행한 삶을 이만큼 깊은 눈으로 그려낸 시집도 찾기 어려울 것이다.

시인은 이 말에 필경 동의하지 않을 것이다. 정작 이문숙은 시쓰는 자신을 탐탁하게 여기지 않는다. 낯선 것에 대한 기이한 탐닉이나 끈질긴 시마(詩魔)를 두려워하는 것은 아니지만, 그가 자신의 시쓰기를, 노름꾼의 노름처럼,

나쁜 버릇으로 여기는 것은 사실이다. 이를테면 시 「악어
쇼」에서 시인은 악어의 "벌린 입속"에 머리를 들이미는
써커스의 소녀를 본떠서 "펜을 쥔 주먹을" 또는 "부글거
리는 머리를 넣었다" 빼본다. 그러나 악어가 쉽게 입을 다
물지 않으니 "악어 쇼"는 계속될 터이지만, 그는 악어의
"벌어진 입을" 강제로 닫아 버릇 나쁜 손목을 잘라버리려
는 결심에까지는 이르지 못한다.

다른 시 「사십오분의」에 가면, 이 나쁜 버릇이 도지는
시간이 다소 구체적으로 서술되는데, 그것은 발을 내디딜
수도 안 내디딜 수도 없는 "허방" 같은 것이다. 자유롭게
쓸 수 있는 "사십오분의" 시간이 갑자기 주어졌다. 아마도
이 시간은 그에게 갑자기 주어진, 일과에서 면제된 어떤
시간일 것이다. 낮은 등수로 복권에 당첨된 것과도 같은
이 시간은 생각이 미치는 만큼의 많은 사건이 일어날 수
있는 시간이다. "해골 속에 꽃을 꽂을 수도 있"고, "용과
통정하여 아이를 낳을 수도 있"고, 기회만 주어지고 마음
만 먹는다면, 더 많은 것을 감행할 수 있다. 사막을 건너는
대상들의 낙타 방울소리가 "어쩌면 돌이 되어 불멸을 다
짐"하는, 그런 신비로운 일만 일어날 수 있는 것은 아니다.
누군가가 "진흙탕에서 맨발로 뛰어다닐 수도 있고 형광등
을 깨고 도망칠 수도 있"다. 그러나 당연히 시가 될 수 있
을 이 사건들은 일어나지 않는다. 이 허방 속에서 시인의

"손은 서류를 찾고 모니터를" 켜고, "뒤집어놓은 서랍 속
여우야 여우야 뭐 하냐", 일어나지 않은 사건들을 부르며
시를 쓰려 한다. 시인은 그 시간이 대기를 상징과 해조(諧
調)로 가득 채우는 이적의 시간이어서가 아니라 오히려
"심장이 벌떡거리고 혀가 말라붙는" 초조감에도 불구하
고 어떤 시도 얼굴을 드러내지 않는 불모의 시간이기 때문
에 시를 쓴다. 그렇다고 허방의 시간이 허방으로만 남아
있는 것도 아니다. 시의 마지막 말은 "반찬은 무슨 반찬"
이다. '반찬 같은 것을 왜 걱정하느냐'는 뜻으로 읽어야 할
까. 물론 아니다. 그것은 이 시인의 '반찬은 무슨 반찬을
준비해야 하지'라는 평범한 걱정일 뿐이다. 이 걱정이 토
막말로만 시쓰기를 간섭하는 것은 그것이 벌써 공기 속의
분자들처럼 삶의 위로 아래로 침전되기도 하고 떠돌기도
하는, 어떤 방식으로도 지워버릴 수 없는, 간섭요소가 되
었기 때문일 것이다. 항상 그대로인 삶의 아전들이 시보다
먼저 와서 소매를 잡아끈다. (그래서 나는 개인적으로 시
인이 처음에 '반전은 무슨 반전'이라고 썼다가 서둘러 그
렇게 바꾼 것일지도 모른다고 생각해보기도 한다.) 이문숙
은 자신이 시의 허락도 얻지 못한 시를 쓴다고 믿기에 시
를 쓰면서 자주 시에게 속죄한다.

자신이 쓰는 시가 시를 아프게 한다는 시인의 생각은
「수염 뽑기보다」에도 있다. '수염 뽑기보다 쉽다'는 말은

재주 많았으나 자주 곤궁했던 고려시대의 시인 이규보(李奎報)가 과거 급제를 가소롭게 여기며 썼던 표현이다. 그 백운거사가 "당장 먹고사는 일"이 급해 가죽옷을 전당포에 팔았다는 "눈물이 턱에 흐르는 그 삼월 십일일에", 그러니까 우리 달력으로 사월 어느 어름에, 우리의 시인은 잠시의 배고픔 때문에 "수염 뽑기보다 더 쉬운 돈을 지불하고" 매운 요깃거리들을 이것저것 사들이고 나서 "사월이 슴슴하지 않고 매웁다고 생각"하려 하는데, "그때 제 종아리를 치며 흘러가는 백운"을 본다. 시인 백운, 또는 시 백운이 치는 것은 제 종아리지만 아픈 것은 물론 시인이다. 시는 시인에게 찾아오지 않지만, 시인을 닦달하는 일을 그만두는 법이 없다. 이는 시인이 시에 어떤 특별한 구원의 길이 있다고 고집스럽게 믿고 있기 때문이 아니다. 시 「그곳으로부터」는 지하철 차량기지의 하나인 '지축기지'의 "한심한" 풍경을 전한다. 한심하다는 말은 거기서 볼 수 있는 것이 "가도 가도 고압전류를 잇는 전선"과 "그것을 지탱하는 쇳덩이의 나열뿐"이기 때문이기도 하고 그곳이 "고장난 전동차의 휴식처"이기 때문이기도 하다. 그런데 "여권도 출입국도 검역소도 없는 한심한 여행지"인, 잠시 앙드레 브르똥의 표현을 빌리자면 "저승이라는 이름의 음악 까페"(「초현실주의 제2선언」)일, 간단히 말해서 죽음의 땅인 그곳이, 어느날부터, 진정한 휴양지이며 "갈수록 그곳으로 휴가를 가려는 사람이 늘어난다"는 소문이 들린다.

　　아름다운 음악을 들려주면
　　부드러운 육질의 살코기를 만들 수 있다고 맹종하는
　　미련한 양돈업자 같은
　　그곳으로부터

죽음 뒤에나 만나게 될 세계, 다시 말해서 시가 갈망하는
저 순결한 세계가 인간이 가축처럼 사육되는 이 세계의 위
안이 될 수는 없다. 이문숙은 「이상한 호수」에 빠져 있는
삶들을 "아름다운 음악"으로 위로하지 않으며, 자기 자신
에게도 어떤 종류의 것이건 구원의 길을 제시하지 않는다.
늘 정직한 그가 보기에, 그 길은 삶이 실종하는 길과 다른
것이 아닐 터이다.
　그렇더라도, 이문숙이 순결한 시의 세계와 죽음을 겹쳐
놓든 아니든 간에, 그의 시가 죽음과의 관계에서 일정한
미감을 얻고 있는 것은 사실이다. 처연하게 아름다운 시
「구멍을 만들지 않아도」는 시가 죽음에서 얻는 힘을 명백
하게 드러낸다. "'어(敔)'라는 악기"에 대해 이야기한다.
이 악기는 "호랑이가 웅크린 모습"으로 등에 스물몇개의
톱니가 있다. 시인은 이 웅크린 호랑이가 죽음 직전의 마
지막 생명을 누리고 있다고 생각한다. 그 톱니를 긁거나

머리통을 치면 저 지루한 궁중음악이 끝나기 때문이다. 한 음악의 끝을 책임지는 이 짐승은 "몸은 동그랗게 말고/혓바닥에는 최초의 말을 올려놓고" 눈을 감지만 귀는 열어둔다. 이 짐승이 제 혀에 올려놓은 최초의 비명을 내지를 때 음악은 끝난다. '어'의 음악은 낭만주의적 관념의 백조의 노래와 비슷하지만 같지 않다. 백조의 노래는 최후의 음악이지만, 어의 울림은 음악의 최후이며, 비명의 끝이자 그 막음이다. 백조의 노래는 노래로 남지만 어의 울림은 노래가 부질없다는 듯 노래를 묻는다. 하지만 이 시가 시인의 진정한 소망을 담고 있는 것은 아니다. 시의 끝에서 시인은 제목의 말을 다시 가져다 마치 지나가는 말처럼 "제 몸에 구멍을 만들지/않아도"라고 쓴다. 한번의 비명으로 모든 비명 묻기는 한 악기의 드라마일 뿐 인간의 일이 아니라는 뜻이겠다. 살아 있는 것이라면 어느 것에나 비명 이후에도, 죽음 이후에도, 제 몸에 구멍을 뚫어야 할 고통은 남는다.

이에 비해, 시 「책상 아래 벗어놓은 신을 바라봄」이 그리는 죽음의 그림은 훨씬 더 구체적이고 '현실적'이다. "골목에 불 켜진 마지막 집"은 철거가 시작된 동네에서 아직 다른 곳에 거처를 마련하지 못한 사람의 집이겠지만, 제 나이 열넷에 물에 몸을 던져 죽은 제 어머니의 것일 "여자 신 한짝을 그려"놓고 "신(神)은 없다"라는 제목을 붙인

화가는 누구일까? 아무튼 시인은 골목의 마지막 불빛을 바라보듯, 자살한 여자의 신 한짝을 바라보듯, "어느 먼 곳에 신이 손톱으로 파놓았다는 호수"를 바라보듯, "신이 아픈 이빨을 뽑아 던져 생겼다는 봉우리를 바라보듯", 책상 아래 벗어놓은 제 신을 바라본다. 신은 여기 있는데 그것을 신었던 몸은 여기에 없다. 아니 그 역이다. 몸은 여기 있는데 신은 벌써 저 호수이고 저 봉우리이다. 그러나 이 삶의 막막한 슬픔과 현실이 아닐 것 같은 이 불행한 현실을 모두 담고서만 그 호수이고 그 봉우리이다. 책상 아래 벗어놓은 신은 건방진 예술의 무슨 '오브제'처럼 현실이면서 현실이 아니다. 그것은 "먼 기류에 먼저 닿아 있는 펼쳐진 맹금류"의 날개 같은데, 현실의 무거움은 뒤늦게만 거기 닿을 것이다. 그러나 신발의 날개를 거기 먼저 보내 이르게 한 힘은 이 삶에 엉긴 슬픔의 덩어리밖에 다른 것이 아니라는 말은 덧붙일 필요도 없다.

이문숙이 시쓰는 '허방의 시간'은 기실 이 죽음 같은 슬픔이 괴어 있는 시간이다. 「미확인물체」처럼 "아무데도 소속되지 않고 화장실 청소만" 맡아 "붉은 고무장갑과 붉은 고무장화"를 끼고 "시간이 허락할 때마다 변기에 걸터앉아 고무인형처럼 조는 여자"의 시간이 그 시간이고, 「뉴타운—한양주택단지」에서, "곧 파괴될 것 알면서 새로 페인트칠한" 그 동네 지붕처럼 "얼굴에 핀 독을 덮으려는 여자의 화장"에 덧씌워진 시간이 그 시간이다. 그렇다고 이문숙이 이 불행한 현실을 고발하고 있다고 쉽게 말해버릴 일은 아니다. 시인은 다만 그곳의 빈 부엌 곁에 '빈 부엌'이라는 말을, 박카스 빈 곽 곁에 '박카스 빈 곽'이라는 말을, 오글오글 머리 옆에 '오글오글 머리'라는 말을 나란히 적을 뿐이다. 저 처절한 「소화 헬기가 떴다」 같은 시에서도 시인은, "실종신고 당시 티브이는 켜진 채였"던, 그래서 "찌익찌익 그가 켜놓은 브라운관 넘실거리는 물결 속 누구는 석유통을 엎고 누군가는 담뱃불을" 던지는 모습을 보게 했던, 늙고 병든 실향민의 유골을 "서해와 민물이 만나는 강"에 뿌린 후 "손바닥에 남은 유골을 살짝 맛보"고는 "짜디짰다"라고만 쓴다. 시인이 그렇게 말할 때 그 말은 너무 짧고 단호해서 유골에 섞인 바닷물이 정말이지 처음으로 짜디짠 그 성질을 드러내는 것만 같다. 시인은 그렇게 제 훈련된 선의에도 불구하고 자신에게 원한 섞인 슬픔을 몰아왔던 모든 것, 제 타고난 재능을 따돌리며 그 기세를 억눌렀던 모든 것, 그 자유로운 정신에 항상 고삐가 되었던 모든 것, 그것들을 저 무심한 낱말 하나하나로 기념한다. 그러나 제사 음식이 제사를 통해 색다른 기운을 얻듯이, 기념된 것들은 벌써 기념되기 전과 같지 않다. 그것들의 시간은 여전히 현실의 시간이면서 조금 낯선 시간이 된다. 그래서 시인이 쓴 낱말 하나하나는 그 현실을 거느리고 이 현실의 시간에서 저 낯선 시간으로 한 걸음을 옮겨딛게 하는 통행증이 된다. 그때 저 누추한 삶이 그 한 걸음만큼 의미를 얻는다.

「현관에 앉아 있는 스핑크스」는 바로 그 통행증의 이야기이다. 시인은 퇴근을 하고 집에 돌아갈 때마다 "저 불퉁한 옥수수 이빨 사이 관문을 통과해야 한다." 이빨이 "몇 개 남지도 않은" 노인이 아파트 현관에 앉아 "매일 반복"해서 "어디 갔다 오슈"라고 묻는 것이다. 의례적인 질문에 의례적인 대답이 마땅하겠으나 질문하는 사람도 대답하는 사람도 그 마음은 의례적이 아니다. 직장에서 돌아오는 시인은 그 직장 생활이 행복하지 않아서,

'그만둬야지'가 '그만둘 수 없어'를 줄줄이 끌고 나
오는
혹은 그 사이를 왔다갔다하는
나는 어디 갔다 오는가

자문해야 하고, "옥수수 이빨"의 노인은 노인대로 신통치 못한 대답으로 그 무료함을 달랠 수 없다. 그래서 현관의 인사는

지혜로운 자만이 풀 수 있는 수수께끼

내 안의 뼈아픈 정곡을 찌르는 저 스핑크스 영감이 내
　주는 문제

가 된다. 이 문제 앞에서 말들은 정체된다. 말로 움직여야
할 현실이 거기 있다. 시인은, 자신이 시인인 것을 아는 사
람은, "어느 순간부터 집착하기 시작한다." 지혜로운 자만
이 문제를 푸는 것이 아니라, 지혜로운 자만이 문제가 문
제인 것을 안다. 마침내 시인이 "나는 어디로 갔다 어디로
오는가" 또는 "어디로 왔다 어디로 가는가" 물을 때, 그가
자문하는 행처는 벌써 직장이나 집이 아니다. 그는 이 현
실에서 어느 현실이 가능할지 묻는다. 그는 자신이 무엇을
써야 할지 묻는다. 무엇이 저 "스핑크스 영감"의 고독한
무료에 다른 시간을 열어줄 수 있을지 묻는다. 이문숙은
문제를 문제되게 하는 시간에 시를 쓴다.

　　　　　　　　　　　　　　　　黃鉉産 | 문학평론가

타이츠 속에는 평생 학대했던 종이들을 구겨넣자
오랫동안 의자에만 앉아 있어
죄송하지만 다리 찢기는 안된다고 하자
펄쩍 뛰어오르기만 하면 우아하게 잘 추락해 보이기 위해
공중에 떠서도 언제나 고뇌한다고 하자
바닥에 착지하는 순간
균형을 잃고 바닥에 부닥쳤다고 하자
내장이 파열되었다고 치자
줄줄이 오색 빛깔의 내장이 쏟아진다고 하자
그때 실수로 벗겨진 토슈즈 한짝
무대에 고립되어 있다고 치자
그걸 시라고 우겨보자
그런 아수라장 사이 실수로 벗겨진 토슈즈를 발로 차서
무대 밖으로 내보낸다고 치자

평생 썼던 종이를 다 쏟아낸 그가

아주 홀가분한 몸으로

무도(舞蹈)를

토슈즈가 벗겨진 발끝이

여전히 펜촉 같았다고 하자

— 시인 발레리노에게

2009년 12월

이문숙

창비시선 309
한 발짝을 옮기는 동안

초판 1쇄 발행/2009년 12월 10일

지은이/이문숙
펴낸이/고세현
책임편집/이상술
펴낸곳/(주)창비
등록/1986년 8월 5일 제85호
주소/413-756 경기도 파주시 교하읍 문발리 513-11
전화/031-955-3333
팩시밀리/영업 031-955-3399 · 편집 031-955-3400
홈페이지/www.changbi.com
전자우편/literat@changbi.com
인쇄/한교원색

ⓒ 이문숙 2009
ISBN 978-89-364-2309-4 03810